伊予絣の匂《いよがすりのにおい》

十三歳の従軍看護婦

小池ともみ

JDC

戦友

ここは　御国の何百里
はなれて遠き　満洲の
赤い夕陽に照らされて
友は野末の石の下

（作詞　真下飛泉）

十三歳の従軍看護婦

伊予絣の匂《いよがすりのにおい》

／

目次

第一章　白蛇さんとの別れ

第二章　おおらかな満洲

第一章

白蛇さんとの別れ

わたしの妹さん、こんにちは

和歌山県田辺市。この町の片隅にある、ささやかな住まいで、父と母と私の三人で暮らしていました。

そろそろ戦争の色も濃くなりつつありましたが、このあたり、まだまだのんびりしたものでした。

この家には昔から、白い蛇が住みついていて、夜中になると這い出してくると、話には聞いていました。〝神様のお使いだから、殺生してはいけない〟そんな言い伝えがありました。

あるとき、納屋へ薪を取りに行ったわたしの前に、二十センチくらいの白い蛇が出てきたのです。

「あっ、このこだわ。お話しに聞いていた白い蛇ちゃん」

少し気持ち悪いなぁ、と思いましたが、神様のお使いとも聞いていましたので、それほど恐いとは思いませんでした。

小さなわたしは、しばらくすると、白い蛇とお友だちになっていました。手の上に白い蛇を乗せて、指で撫でてやったりすると、長い舌をペロペロ出して喜んでいるようです。かわいくて、いつまで見ていても飽きません。足に巻きつけてみたりして、蛇と遊ぶ時間はとてもたのしいものになりました。

そんなころ、母が少し太ったように見えました。

「早く大きくなって、お母さんを助けてね」

少し様子がかわりました。そして、

「ちょっとおいで」

と、わたしを呼ぶと、膝の上に座らせ、

「あのね、お母さんのお腹の中に、赤ちゃんがいるのよ」

わたしの耳元に、優しい声でささやきました。

「えー」

わたしは、わけも分からず、そう叫びました。

「蛇の赤ちゃん?」

母はただ、笑っています。

「蛇の赤ちゃんだったら、沢山いた方がたのしいな。・・・でも、沢山いたら、名前をつけても誰だか分からないだろうな」

どうしようと、小さな心で悩みました。すると母が、

「敬子の弟か妹になる赤ちゃんなのよ」

「えー」

わたしはまた、大きな声で叫びます。

「そしたらわたしは、お姉ちゃんになる」

「そうね」

わたしはうれしくて、うれしくて跳ね廻りました。

「うれしいな、うれしいな」

「そんなにうれしいの」

母は目を細めて微笑みました。


「オギャー」

赤ちゃんが産まれました。

産婆さんがわたしを抱いて、母の隣で寝ている赤ちゃんに会わせてくれます。女の子です。

「わたしの妹さん、こんにちは。五つ違いの妹さん、仲良くね」

私が、その小さな小さな手を握って話しかけると、顔いっぱい口にして、あくびをしました。たまらなくかわいい妹さんの出現に、わたしは、ちょっぴり、がんばらなければ、なんて気負ったものでした。

赤いランドセルとスキップして

わたしは六歳のとき、和歌山県田辺市の第二小学校に入学しました。

父は、第二小学校の教師です。

「行ってらっしゃい」

母のやさしい声に見送られ、

「行ってきまーす」

大きな声で応えて、両腕を大きく振って颯爽と学校へ。わたし、どんなにかわいかったことでしょう。

わたし、一年三組。

朝、全校生徒が運動場に並びます。

校長先生、内田先生のご挨拶のあと、各先生の紹介があります。その中にリンとしてモーニング姿の父がいます。

〝お父さん、すてき〟、わたしはうれしくて、ひとりにっこりしていました。父は、六年生を受け持っていました。

一年三組、村上先生のクラスで、席も決まりました。授業のすべり出しは良好。

たのしかった一学期も後半に入ったころ、テストがあります。後の席から順々に集めます。みんな、テストもたのしんでいました。でも、一学期が終わり、二学期も終えたころから、なんとなく、男の子が変わってきたのです。

わたしは、テストが百点。うれしくて、赤いランドセルとスキップしながら帰ります。

「ただいまぁー」

「敬子、お帰り」

母の顔を見るとわたしは、今日の出来事の一部始終を、ツバを飛ばしながら話します。

もう、わたしの毎日の日課になっていました。母は、どんな話でも目を細めて聞いてくれます。

「よかったね。どれどれ、テスト、見せて」

テスト用紙を見た母は、必ずわたしの頭をなでなでしてくれるのです。どんなにうれしかったことか、今思い出しても頬がゆるむのです。

そして、わたしが学校から帰ると、

「ちゃーちゃん、ちゃーちゃん」

まわらない口でわたしを呼びながら、小さな妹、恭子が抱きついてきます。とってもとっても、言葉では言えないくらいの幸せな時間。思い出すと涙が出てくるのです。あのときの幸せに、ひとり泣けてしまうのです。

白蛇さん、さようなら

　大好きな学校へ行くのが、苦になってきました。

「お母さん、今日は頭が痛い。痛い、痛い」

　わたしは泣きました。学校へ行くのが嫌になったのです。

「あらあら大変、お医者様に看てもらいましょう」

　嫌がるわたしを、あれこれなだめすかしながらお医者様は、わたしの体すべてを検査しました。

「異常はありません。学校へ行っても大丈夫ですよ」

　夕方、父が学校から帰ってきました。

「敬子、また学校休んだんだって。どこか具合悪かったのか、村上先生、心配してらしたよ」

　母が言います。

「ねえ、お父さん、このごろ敬子の様子がおかしいんですよ。学校で何か問題があったんじゃないかしら」

「よくは分からないが、男子からのいじめがあるらしい」

「まあ、どうして。敬子、何かしたの」

「ほら、ミコノハマにアレがあるだろう」

「あー」

　と母。そして小声で、

「ブラク？」

　と。

「校長先生も言っていたよ。困ったものだと」

「敬子まで・・・、まさか・・・」

「お母さん、転勤手続きを出そう」

「でも・・・」

　母は下を向いたまま、

「やはり・・・、だめだった・・・のね。でも・・・、でも、日本国中、どこへ行っても、そこからは抜けられないのではないかしら・・・」

　それから一か月、我が家は暗い空気に包まれました。

　ちっちゃな妹は、

「ちゃーちゃん、ちゃーちゃん」

　と、かわいい両手を差し出して、くったくのない笑顔で、遊んでくれとわたしにまとわりつきます。学校へ行かずに、妹の笑顔を見ているのが、わたしの安らぎでした。

父は、決断しました。

「外国への転勤届けを出してきた」

母は驚きを隠して言いました。

「お父さん、そんな、思い切ったことをして大丈夫なの」

「大丈夫さ。中田先生にも相談したさ。俺のところは男だから心配はないが、お前のところはお嬢だからな、また次もお嬢じゃないか。二人に苦労させるより、思い切って満洲など、どうだ、え、そうしろよ、と言ってくれたよ」

中田先生は、父の親友であり悪友、酒飲み友だちであったのです。

友の勧めもあり、思いが叶えられ、満洲国へ旅立つことになりました。

友だちの白い蛇ともお別れです。わたしがお昼寝するときは側にきて、いつも一緒に寝ているのです。わたしの手の上に、頭の上でも遊んでいたのに、お別れです。一緒に満洲には行けません。

どうしたらいいんだろう、と考えましたが、どうしようもありません。

わたしには、泣くしか方法は見つかりませんでした。

第二章
おおらかな満洲

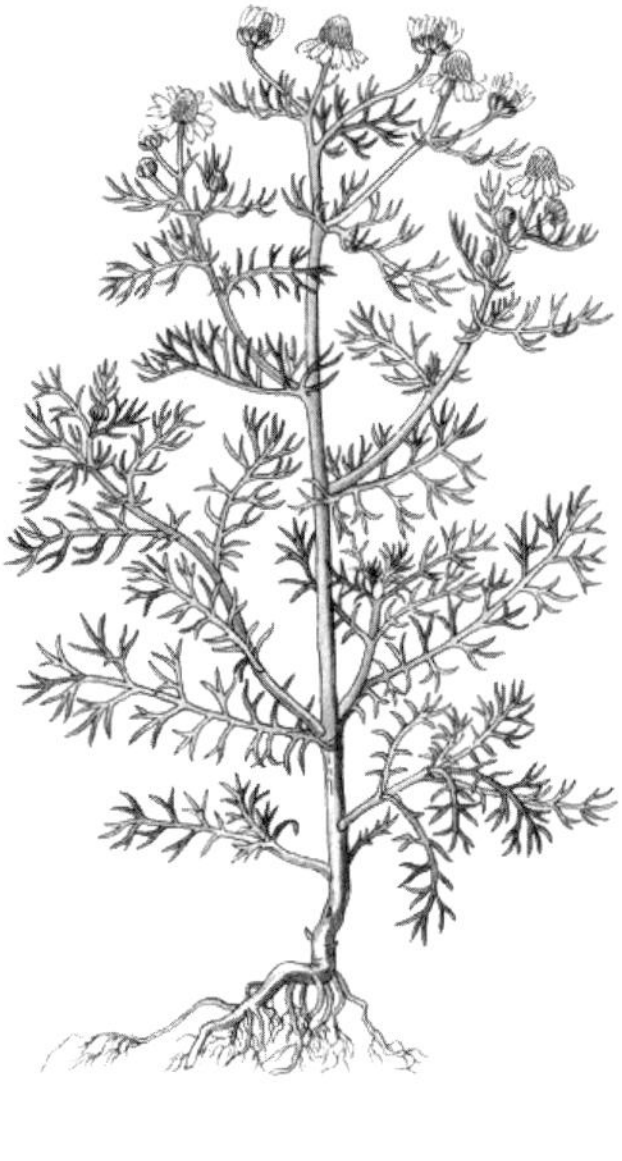

博多から大連へ

何時間も列車に乗っているのに、まだまだ着きそうにありません。

・・・いつの間にか眠ってしまっていたようです。ガヤガヤとした人々の気配で目が覚めました。

「あと三時間ほどで博多です」

車掌さんのアナウンス。わたしはまた、うとうとと眠ってしまいました。

やっと博多に着きました。博多駅では満人が増えてきます。日本人が少なくなってきたような、淋しさが増してきます。

船の切符がとれません。どこかで一泊しなければなりません。宿を探してもなかなか見つかりませんでしたが、やっと、ひなびた小さな宿がとれました。

みんな疲れていましたから、少し休ませてもらえるだけでもありがたい、と思ったものです。

翌日、船に乗ることができました。特別室をとっていただいていましたから、満人とは接することなく、大連に着くことができました。

船は、あちこちの港に泊まりながら、二日か、三日、かかったように思います。

「間もなく大連です」

流れてきたのは日本語です。そしてその後は、満語が流れてきます。

わたしは、まだ見ぬ満洲には、日本の人たちが多く住んでいるのかな、と思っていました。日本人の船員さんが、

「間もなく着きますので、降りる用意をしてください」

と、ドアを開けて告げました。

船から降りると、満人ばかりです。

迎えのマーチョに乗り込みます。マーチョは、二頭立ての馬車で、馬のお尻をビシッと叩くと走り出しました。急いでいるので、馬のお尻を何度もビシビシ叩き続けます。

わたしは、馬がかわいそうになって、

「やめてください」

と言ってしまいました。

二頭の馬は、呼吸を合わせて、全速力で走り続けます。

港から一時間ほどで、女学校が見えてきました。

大好きな栄子さんとの出あい

女学校の前の大きな六階建てのマンション。その二階が、わたしたちが渡満して初めての住居です。

部屋は、十畳が二部屋と六畳、リビング六畳。各部屋すべてにスチームが通っています。

レンガ造りの建物、スチームで暖かい。わたしはうれしくなって部屋中を飛び廻ります。

「敬子、日本のように一戸建てではないんだよ。下にも他の人たちが住んでいるんだ。下にひびくと、下の人に迷惑になるだろう。だから静かにするんだよ」

父が言います。

「はーい」

と、大きな声で言いながら、でもわたしは、うれしくて仕方ありませんでした。

三日経ちました。まっ青の空、とても天気のよい昼下がり。日本から送っていた荷物を開けます。母の用意した、ご近所へのご挨拶の品々。それは、紀州みかんと、大阪心斎橋の西川ふとん店の小物の詰め合わせ。

ご近所では、

「わぁー、とっても懐かしいわ」

と、大喜びしてくださいました。

そして、これからお買物に行くわたしたちに、どのお店が良い品を安く売っている、とか、

「満人のお店は手作りで、安いし、とても親切よ」

など、近くの様子を教えていただきました。

満洲五日目。わたしの登校日。

朝、目を覚ますと、昨日までと違って暗い。

「お母さん、今日は雨なの」

「雨どころではないよ。まっ白な雪よ。敬子、外へ出てみなさい」

「お父さんは？」

雪は、夕べから降り続いていたのです。わたしは、ハラハラと降る、和歌山の雪しか知りません。満洲の雪は、とっても、ものすごい雪でした。男たちは早くから外へ出て、子どもたちの登校のために雪掻きをして道路をつくっていました。

雪は、降り続きます。

「敬子、何をしているんだ、早くしないと学校に間に合わんぞ」

父の声がします。わたしは母のつくった朝食。あったかい味噌汁をいただいて、

「ごちそうさま。あぁ、おいしかった」

かけ足で出ていくわたしに、

「忘れものはないの」

母の声。

小学校一年生の二学期。父に連れられ、まだ降り続く雪をギシ、ギシと踏み締めて、わたしは父の大きな手にしがみつき、恐る恐る足を運びます。

「ねぇ、帰りも雪が降っていたらどうするの、お父さん」

「南満州だから、大丈夫だろ。もし降っていたら、大人の人たちが雪掻きをしてくれて、お母さんが迎えにきてくれるさ」

わたしは、小さい胸をふくらませ、意気揚々と満洲の小学校一年生、初登校するのです。

雪掻きした道は、学校近くまでできています。

学校の門が近づいたあたりで、ある立派なお家の玄関ドアーが開いて、中からわたしくらいの女の子が出てきました。

そして、

「あなた、小学校一年生ですか。転入生ですか。わたしも一年生です」

とってもかわいい女の子です。お嬢さまのようです。

続いて出ていらしたのは、軍服姿、長い軍刀を腰に差した軍人さんです。

「わたしの父です」

女の子が言いました、わたしは何も言えずにおりました。

「丸山栄子です。あなたは?」

黙っているわたしに父は、

「敬子、挨拶をしなさい」

「はい、鈴木敬子です」

父が言いました。

「日本から渡満して、本日、富士小学校に編入させていただくために手続に来ました」

　栄子さんが言います。

「わたしも小学一年です。一年生は五クラスあります。敬子さん」

「はい」

「同じクラスだといいですね」

「はい」

　軍服姿の男性が、

「丸山栄子の父、憲兵隊長の丸山壮大です」

「敬子の父で、鈴木穣と申します。敬子の転入を済ませてから、私も大宮小学校に教師として、初出勤します。なにも分かりませんので、いろいろと教えてやってください」

栄子さんが、また言いました。

「同じクラスになるといいですね」

「は、はい。お友だちになってください」

わたしは、どもりながら応えました。

父が一礼し、わたしも真似て一礼しました。

「とても好感のもてるお嬢さんだね」

と父。わたしは、

「うん」

「うんじゃない。女の子だから、はい。栄子さんのように言葉に気をつけなさい」

「うん、はい、はいはい」

「一回でいいんだ。うんじゃない」

栄子さんとは、永遠の友になりました。

こんなにおいしいお弁当

富士小学校の門をくぐります。父が事務手続きをしている間、わたしは、新しい学校への期待と、内地でのいじめのようなことがありませんようにと、祈りのような思いで待っていました。

一年五組、山中学級です。

教室に入った途端、三十六人の瞳が一斉にわたしに降り注がれます。

わたしはどんなに恥ずかしかったことでしょう。まっ赤になって下を向いてしまったことが、昨日のように思われるのです。

「日本から来られた鈴木敬子さんです。みんな仲よくするように」

先生がおっしゃり、わたしは顔を上げました。みんなが笑顔でわたしを見ています。

「えーっと、席は・・・。あぁ、丸山栄子さんの隣があいているね、前から三番目」

栄子さんはにっこりして、小さな声で、

「よかったね」

「はい」

あとから知ったことですが、栄子さんのお父様がそのように頼んでくださったのだそうです。

一年が過ぎました。わたしはまた転校します。父の教師という仕事上、仕方ありません。

小学校六年の間に、五校に通いました。そんな中では、仲良くなる友もできません。栄子さんの他には、親しい友人はできませんでした。でも、内地のような部落のいじめはなく、たのしい学校生活を送ります。

満洲では、どの学校も、ホッケのスケート靴を首からぶらさげ、ランドセルを背負っての登校です。

毎朝登校するとまず、スケートの歯を研ぐことから始まります。

母の手作りのお弁当は、教室のスチームの上に乗せて温めました。だから、お昼が近づくと、いいにおいがしてきます。クラスの、三十六人のお母さんの愛情のにおいです。

そのにおいに誘われて、みんなのお腹の虫が泣き出します。まだ三時間目、まだ泣いちゃだめ、と言いきかせます。が、クー、ギュー、グー、と泣きやみません。四時間目、まだ授業は終わりません。でもお腹は、授業どころではありませんでした。

長い、ながい授業が終わります。級長の声も弾んでいます。

ほかほかのお弁当の時間です。

先生のお顔も授業中とはちがいます。

五組あるそれぞれのクラスから、笑い声が聞こえます。

こんなにおいしい、母の心のこもったお弁当、六年間、その愛情を感じながら味わったのです。日本にいたら、こんなにおいしいお弁当を味わえたでしょうか、部落の子どもたちのいじめの中で。

お父さんの病気とお父さんの転勤

お父さんが病気になりました。

一番奥の部屋に寝ています。天井から、見たこともないような大きな袋が吊られています。赤くて奇妙なものです。

そして父の、股の間から風船のようなものが出ています。

子どものころに、おたふく風邪にかからなかった男の人は、睾丸がこんなになるらしい、というのを、あとから知りましたが、小さなわたしは、どんなに驚き、どんなに心配したことでしょう。

四十度まで上がっていた熱が、今日やっと下がってきました。でもわたしは、

「あれは、何?」

お母さんが言います。

「子どもは知らなくてもいいのよ」

「だってわたし、気になるもん」

「これはね、男の人だけの病気なの」

お父さんが言います。

「股が腫れて、メチャクチャ痛かったぞ」

「女の子は?」

「大丈夫さ」

「よかった」

四十度以上の熱が出るので、ときには、死ぬこともある、と聞いて、

「お父さんが死ななくて、よかったぁー」

って、飛び廻りたいわたしでした。

「ほんとに、よかった」

わたしが小学校へ行き始めたころ、父は、

「お父さんは、大宮小学校に転勤になった。だから、お父さんはいなくなるけど、お母さんの言うことをよく聞いて、お手伝いをするんだよ。恭子の面倒もみて、仲よくするんだよ。恭子も六歳になったら、同じ小学校へ行くことになるからね」

これからは、お母さんと妹とわたし、三人です。がんばらなくっちゃ。

お父さんも元気でね。

ちょっと、淋しいわたしです。

家では父と娘なのに

小学五年生、わたしは塔山城《とうさんじょう》小学校に転校。南満州の果ての、とっても田舎です。

朝鮮につながる長い橋、その下を流れる大きな河、鴨緑江《おうりょっこう》。その支流に塔山城小学校があります。とっても小さな学校です。

一年生は五人、二年生は七人、三年生四人、四年生三人、五年生二人、そして六年生が二人、といった具合です。

一年生と二年生は一つの教室の前後に分かれて勉強するのです。

校長先生は父、です。でも、校長先生も雑役をしなければなりません。

それは、一、二年担当の先生と、三、四年担当の先生、五、六年は父が担当します。事務員もいなく、宿直も掃除も校長がやらなくはなりません。これが、日本人学校でした。

わたしの五年生のクラスは、男の子一人とわたしの二人ですから、級長は男の子、副級長はわたし。担任は父でしたから、授業中に名前を呼ばれるのが、とっても恥ずかしかったのです。呼ばれると、大きな声で発表しなければならない。家では父と娘なのに、学校では先生と生徒。なんとも奇妙な関係に、わたしは戸惑っていたようです。

朝鮮と隣り合った小さな農村の日本人学校。

生徒の田代さんのところは豆腐を作っています。木綿豆腐ですが絹ごしのよう。絞ったばかりのを凝縮させたシンプルなもの。とてもおいしかったのを覚えています。

校長住宅は大きいけれど、とってもボロ家。その前には小高い丘がふたつあります。その丘と丘の間に大きな網を張り、雀を取るのです。雀の大群がひっかかるのです。百羽はいるでしょう。

「チュン、チュン、チュン」

ははたきしている雀を、現地の人は掴まえて、首をギュッと二回転させます。動かなくなった、まだあたたかい小さな雀の毛をむしり、七輪の火で焼くのです。醤油につけて。そして、頭から骨ごと噛じります。

「香ばしくておいしいですよ。校長、どうぞ」

と父に。父は、

「ありがとう。僕は結構です」

「まぁ、まぁ、どうぞ」

父は、小さな姿を料理するのを見ていて、とても食べられなかったのです。

母もわたしも吐いてしまいました。雀にも親子があるでしょう。夫婦もいるでしょう。心もあるでしょう。小さい体が火炙りされて、とても見ていられるものではありません。

「お父さん、お母さん、どこかへ行こうよ」

妹が言いました。六歳になっています。

こんな生活が一年続きました。

弥生おばさんが来ました

鴨緑江の橋を渡り朝鮮に行くと、安くておいしいものが手に入ります。お米、お肉、酒類、すべてのものが。

母は少し不安だったようで、

「いつ行こうかなぁ」

なんてひとり言。

そんなとき運よく、父の妹の弥生おばさんが、姪のとし子ちゃんを背負って訪ねてきました。

「こんな田舎では、来ていただいても、なんのおもてなしもできないのに」

と母。おばさんは、すすむおじさんを戦地へ送り出して淋しくて、

「お姉さんに会いたくて」

と、満洲まで追っかけてこられたということです。

「でも、女一人、子どもを連れて、よく来たね」

母は大歓迎。

「だけど、田舎で、米にはなんの不自由はないけれど、お肉類がなくってね」

そこでわたし、

「雀の丸焼きならあります」

「ふぇー、雀の丸焼きですって・・・」

とおばさんは、目を丸くしました。そして、みんなで大笑い。

「お姉さんの手紙で、田舎で何もないって知っていたから、肉類の燻製

にしたものを送っておいたので、間もなく着くでしょう」

おばさんの言葉に母は、ほっとした様子。わたしもうれしくなりました。わたしは、父に連絡に行きました。

「毎日、雀と豆腐と野菜では力が出ないなぁ」

とこぼしていた父でしたから、顔に笑みがこぼれます。


弥生おばさんが同居するようになりました。

母は、話し相手ができて、元気になりました。

この校長住宅は、広い部屋がたくさんあります。それにオンドルなので、どの部屋も暖かいのです。

「満洲って、ほんとに広いんだねぇ」

おばさんも、元気を取り戻したようでした。

私のスケート遊び

塔山城にもなれたわたしは、たのしい毎日。鴨緑江という大きな河の支流にある塔山城では、冬になると河が凍って、自然の氷のスケートリンクができます。本流では河幅が広くて凍らないのです。

わたしはスケート遊びに夢中です。十歳になりました。

学校が終わると、急いで河へ。自然の氷だからでしょうか、滑り心地満点です。

氷に穴をあけて釣り糸をたらし、川魚を釣っているおじさんたちの姿があちこちに見えます。わたしは、スケートで側まで行きます。

「おじさん、釣れるの」

そう言いながらわたしは、魚籠《びく》の中を覗きます。中にはお魚がいっぱい。するとおじさんは、

「今日は大漁だよ」

って、にこにこ。そして、

「だけど、川魚は油けがなくてあっさりしているからなぁ」

と、ちょっと愚痴をこぼしました。

おおらかな満洲、好きです

満洲ではどのお家も二重窓です。冷蔵庫は要りません。二重窓の窓

と窓の間に、肉類などは置いておけばいいのです。

そしてお部屋は、すべてオンドル（床暖房）です。その上、ペチカにストーブ。とっても暖かいのです。

外はマイナス十度から二十度。凍てつくなんて言葉では言い現わせません。

マーチョを引っ張る馬は滑り止めのついた蹄鉄《ていてつ》を穿《は》いています。馬のおしっこもうんこも、出た瞬間に凍りつきます。だから、地面に落ちたときには、コンとかガリとか、大きな音がします。馬夫は、トンカチの大きなもので、肛門が開くのを待って、叩くのです。馬夫の馬への愛情です。馬夫と馬の息がぴったりしないと、馬から出たおしっこうんちも、馬のお尻に凍りついてしまいます。そうなっては馬がかわいそう。

南満とはいえ、こんな状態ですから、北満、ハルピンなどは、想像もつきません。

でも南満の夏は、暑くても涼しいのです。

ポプラ並木が、長く長く続いていて、夏の日々は、とても爽やかな風に吹かれます。大陸から吹いてくる風に、真夏の汗も、スーッとひいていきます。

満洲は住みよいところです。人々はおおらかで、日々を楽しむことを忘れてはいませんでした。

やっぱりお父さんは偉い

栗畑、コーリャン（背の高いとうもろこし）畑、永遠に続く広野。まっ赤な夕陽。その夕陽がわたしを呼んでいます。

わたしは太陽を掴みたい、どうしても。

太陽を追って走ります、わたしは走ります。でも、どこまで追っても太陽は遠くへ行ってしまうのです。

追いかけ、追いかけ疲れ果て、でもわたしは泣きながら追っかけていくのです。地の果てってないのかしら。

わたしは、この地は平面だと思っていました。だから、いつか太陽も地球の壁に突き当たり、きっと、どこへも行けなくなるから、そのときには触ることも、抱きしめることもできると思っていたのです。

太陽は沈み、暗くなってきました。わたしは泣きながら、大の字に寝そべっていました。なんて悔しいことでしょう。太陽を掴めないなんて。

遠くで声が聞こえます。

「ケイコ、ケイコ」

わたしには、ぼんやりとその声は聞こえています。わたしは泣き寝入りしてしまっていたからです。

「敬子、敬子」

目を覚ますと、両親と妹が、心配そうにわたしを覗き込んでいます。

両親に抱きつき、

「どうしても、太陽を掴めなかったの」

そう言ってまた、泣きました。

父の話は、十二歳のわたしには理解できません。

「地球は丸いのだよ」

地球儀を使って、三日がかりで教えてくれました。地球が丸いことを知ったとき、どんなに感激したことでしょう。

「太陽に近づけない理由も、日本から満洲に来れたのも、地球が丸いからだよ。女学校に行けば教えてもらえるぞ」

その、地球が丸いことは、女学校で習いました。

やっぱりお父さんは偉い、教師の娘でよかった、と、何度も思ったことでした。

第三章

終戦になったのに

女学校も負け戦で一時閉鎖に

次に転校した青葉小学校では、〝お弁当がおいしい〟とか〝体育のスケートの時間がたのしい〟とか言っている暇はありません。なにしろ、私は、南満一の難関と言われている女学校に入学したいのですから、頭の中はそのことでいっぱいになっていたのです。

そのころはもちろん、塾などはなく独学です。

でもわたしは、教師である父に助けられました。このときあらためて、父の偉大さと立派な教師であることに尊敬の念をいだきました。

夜になるとわたしは、猛勉強、厳しい父のスパルタ式教育です。しかし机から離れると、大きな胸で、手で、わたしを抱きしめてくれるのです。やさしいお父さん、わたしは十二歳、大好きなお父さん・・・。

そして、それに母がおいしい夜食をつくってくれました。

両親の愛情の中でわたしは、念願の女学校に、一番の成績で合格することができたのです。渡辺紀子さんたちと五人、合格です。

女学校の制服を身につけたわたしたちは、毎日喜びに胸はずませ通学します。満洲国鞍山市にある大きな女学校。

親友の栄子さんからも、合格した手紙が届きました。二重の喜びです。

〝また栄子さんと学校で会える〟

女学校までは少し遠いということで、父が提案してくれました。

「鞍山銅材の住宅にあずかろう※」

※関与する、住まいさせていただく

栄子さんと通学できる、父の提案にわたしはどんなに喜んだことでしょう。天にも昇る思いでした。

満洲国鞍山市青葉街鞍山銅材住宅二〇六。

栄子さんのご両親も十日ほど泊まられました。寄宿舎にでも、と、思ってらしたとのことでしたが、ご安心されたことでしょう。

父が、

「他国満洲に来て、右も左も分からない僕たちにご親切くださり、ありがとうございました。敬子も随分お世話になりました」

と、長々と栄子さんのお父様にご挨拶しました。二人の父は、チャンチュウ（お酒）で意気投合。

チャンチュウは、グラスに入れてマッチで火をつけると、ポッと燃えます。それを飲むのです。父はそれが、もっとも好きなお酒でした。

栄子さんのお父様、憲兵隊長は、腰の軍刀を床の間に置きました。

「わたしどもには軍刀を収めるところがありません」

　父は、頭を掻き掻き、申しわけなさそうに言いました。

「今はそんな時代ではありません」

　と憲兵隊長。

「しかし、戦局は、負け戦になってきています。覚悟しておいた方がいいですよ」


　それから半年後、丸山憲兵隊長の言ったとおり、負け戦になりました。

　栄子さんと二人、まるで双子のように肩を並べて手をつなぎ通学したのは、半年間。

　負け戦になるとすぐに、ご両親が迎えにこられ、女学校も一時閉鎖になりました。

女学校生の生活がストップされました。

日本人天国だった満洲も、虐げられた満人たちが二つに分かれ、八路軍、中共軍が鞍山市内の頭の上を、ピュンピュンと鉄砲玉を飛び交わせます。

そして終戦三日前には、ロシアが満洲に攻めてきたのです。

終戦になりました

「三年生、二年生、一年生の順に並べ」

「二年生は一番うしろに並べ」

おかしいと、わたしは思いました。

いつもは、一年生、二年生、三年生と並びます。今日は逆です。

「みんな、静かに。今から天皇陛下のお言葉があります。静かに聞くように」

わたしは女学校の一年生ですから、一番うしろです。ラジオの声は聞こえません。

しばらくすると、上級生のすすり泣く声が聞こえてきます。ただ事ではない予感がします。そっと前の方へ行き、上級生に聞きました。

「日本が負けました」

わたしはびっくりして、一年生のところへ戻り、伝えました。上級生が泣き止んだころに、一年生からすすり泣きの声がし始めました。

それから三日後に、終戦になりました。

その日の内に、女学校から連絡がありました。敗戦して、立場が逆転したので、婦女子は危険なため、当分の間、外出は控えるように、と。

女学生たちは、坊主頭にして男の服を着用、帽子を被り活発に振舞い、勇気を出しての登校です。胸の大きい子は、当分の間、家から出ませんでした。

「女学校一年在学中に終戦になった旨の証明書を受け取りに来るように」

とのことです。

「来れない人は、友だちか父兄に頼むように」

との連絡です。日本に帰ったとき、各女学校に出す在籍証明を渡すためでした。

自慢の日本人だったのに

満洲人の生活にも馴染むことができるようになりました。

そんな中で、日本人は、本当に野蛮人だということを、知りました。現地の人が住んでいる土地に、勝ったからと言って乗り込み、日本人の一部の人たちは、満洲人を奴隷のように扱使《こきつか》い、また、マーチョ（馬車）、ヤンチョ（人力車）に乗ってもお金を払わず、

※「普什《ぷし》」　※きちがい、馬鹿

の一言で、奴隷のように扱っています。わたしもその一人であると言えます、十三歳とはいえ。

骨の髄まで腐り果てた日本に、アメリカと戦っても勝てるはずもなく、そんな人間がトップで支配しても・・・。

わたしはずっと、日本を、日本人を、世界で一番すばらしいと、自慢に思っていたのです。でも・・・。

どこの国でも同じなのでしょうが、負け戦で落ち目になると、惨めなものです。

あんなに威張っていた日本人ですから、負け戦と言えども威厳を保ち、堂々としていると思っていました。

でも、そうではありませんでした。

卑屈になり、強盗や強姦は毎日のごとくでした。本当に残念です。悔しい思いです。

父が言っていました。

「そうだよ。日本人ほど、威張ってはいても落目に弱い国民はないだろう。日本人は、落ち込むのが早いんだ」

どうぞ届いて、モールス信号

終戦後は、敵機の襲来もなく、のどかな日々が続きます。

そんなとき、父がオルガンを弾き出しました。戦時中は禁止されていました。童謡も口ずさむことすら、禁止されていました。

父はオルガン、口にはハーモニカ。近隣の日本人住宅の人たち、老いも若きも子どもたちも、みんな集まってきて、懐かしい歌をうたいます。

終戦後は、八路軍、中共軍、ロシア軍が横行しています。わたしたち女学生は、男子の格好で通学しています。

でも、〝栄子さんはいない〟のです。

そのころは、電話もなく、手紙も思うようには届かず、連絡がとれません。わたしは、栄子さんに連絡したかったのです。

父に相談すると、

「敬子はモールス信号、できるだろ」

「うん、いいえ、はい」

「それで、いこう」

わたしは、どうぞ届いて、と願いを込めて、〝トン・ツー・トン・ツー〟。そしたら、どうでしょう、三十分もしないうちに、栄子さんから返事が返ってきました。

〝わたしはげんきです。敬ちゃんも元気そうでうれしいです。市内戦（八路軍と中共軍）も、そのうち終わるでしょうと、父が言っています。市内戦が終わったら、会いに行きます、一番先にね。たのしみです。

女学校で、わずか一年生の半ばまでしか習っていなかったモールス信号、よく覚えていたのね。よかった。うれしかったよ。父も母も大喜びです。

近々、会いに行くね。

敬ちゃんへ〟

「ああ、よかった。モールス信号って、どこにいても届くのね、ねぇ、お父さん」

「女学校で教えてもらっておいて、よかったな、敬子。これはね、敬子にできても、お父さんにはできないよ。うん、よくやった、最高だ」

女学校で、一番初めにモールス信号を習ったとき、先生が言いました。

「いいかい、今は、男、女の区別なしだ。いつ軍に駆り出されるか分からないのだからね」

でも、モールス信号の授業はたのしかった。こんなときに役に立つなんて。

でも・・・、日本の戦いは、それだけ厳しかったということです。

女も駆り出されると、先生には分かっていたのですから。

まだ戦争が続いています

戦後の女学校生活も半年ほどたったころ、女学生全員が、従軍看護婦として戦地に行かされることになりました。

「終戦になったのに。やっと自由になったのに」

と母は泣きます。

戦地では、戦争は終わっていなかったのです。北満のハルピンです。

「従軍看護婦って、どんなことをするんだろうねぇ。看護婦の資格のない十三歳の女の子に、何ができるっていうんだろう」

母は泣きながら、やっと終戦になったけれど、でも、これ以上の苦しみはない、と思ったに違いありません。

母は、父に何度もききました。

「どうしても敬子が？」

「何も知らないこの子が？」

「戦争が終わって、やっと解放されて、この先どうなるか分からないときに？」

母は、泣きながらもきっぱりと、父に言いました。

「引揚げのこともあるし、断ってください」

父も、あちこち、あちこちに当たってくれました。・・・でも、どうしても叶いませんでした。

資格もなく、何も分からないわたしが、従軍看護婦として、戦地へ赴くことになりました。

そのころ、栄子さんから便りが届きます。

お父様が、戦争に関与していたということで、戦犯に処せられ投獄されたという、悲しい便り。

わたしは、胸が痛くなりました。

あの、いつも軍刀を腰に、いつもやさしく言葉をかけてくださった憲兵隊長さん。

隊長さんのお顔が浮かぶと、わたしは、泣かずにはいられませんでした。

父も、母も、胸を痛めています。

「なんとかしなければ・・・。でも僕は一教師だし・・・」

「どうしようねぇ、お父さん」

母はまた、涙ぐんでいます。

第四章
十三歳の従軍看護婦

終戦を知らない兵隊さん

「引揚げるときがきても、必ず待っているよ。敬子が少しでも早く帰ってこられるように、こっちでも頑張るからね」

と、父。

「南満より寒いし、気候も変わるから、気をつけてね」

母は、暖かくて薄くて軽い、動きやすいものを、と、町で布を買ってきて上衣を縫ってくれました。真綿の入った暖かい上衣です。

「この千人針をお腹に巻いておくのよ」

母は泣きながら、毎日一針、一針さした千人針をくれました。泣く母に父は、

「おい、おい、お母さん、戦地へ行くわけではないんだよ。大丈夫だよ」

母は毎日、町に出て、みなさんの一針をいただいたのです。

「今から戦地へお出かけの方があるのですか」

と、尋ねる方がいます。

「娘が、十三歳の女の子が、戦争が終わっているのを知らない兵隊さんたちのところへ」

母が応えました。


女学生八名、ぎゅうぎゅう詰めの列車に乗って兵隊さんたちの収容所へ向かいます。

〝従軍看護婦〟って、いったい何をしたらいいのだろう、わたしたちの胸は、不安でいっぱいでした。

なんの資格もない十三歳。壊れかけた兵舎に着いたとき、その余りにも酷い様、そして男の汗と血のにおいに、わたしたちは吐いてしまったほどでした。

傷ついた兵士が、続々と運び込まれてきます。軍服は裂け、血は、まるで水道水のように流れ出る。そして、吹き上げる。

〝あぁ、ここはまだ、戦争は終わっていない〟

十五、六歳でしょうか。鉄砲の持ち方さえ知らないと思われる童顔の兵士たちが運ばれてくるのです。

どうしていいのか分からないわたしたちは、ただ、ボーッと、突っ立っています。

「おい、そこの女、じっと見ていないで血止めしろ」

目から血を流しながら怒る人。

「おぉー、痛いー」

その声を聞きながら、おろおろしているわたしたちでした。

そして、そして間もなく、死んでゆくのです。

「おかあさん、おかあさん、おかあさん」

十六、十七、十八歳の子どもまで戦地に駆り出されて・・・、わたしたちの国は、いったい何をしているのでしょう・・・。
目の前で死んでゆく人に、わたしは何ができるのでしょうか。なんの役にも立たない、泣きながら見ているだけのわたし。

男の人の泣き叫ぶ声。兵舎には、包帯どころか布きれもなく・・・、でも次々と傷病兵が運ばれてきて・・・。

女学生はただ呆然と・・・。

〝この人たちはまだ終戦を知らない〟

八人の女学生は、あちこちに散って、死んでゆく人たちに、ほんの少しでも安らぎを与えられたらと・・・。

兵隊さんの服にハサミを入れ、消毒液も痛み止めもない、まるでマグロを解体するようにメスを入れ、鉄砲の弾を取り出すのです。泣きながら、やっと取り出したわたしは、それを掌に・・・。そして、血止めを探します。それは、注射でもなんでもありません、薄茶色に汚れた敷布。それを切り裂き、大腿部を締める、力いっぱいに。兵隊さんの顔を見ると、痛い、の一言もありません。

「これで楽になるよ。よくやってくれたね」

と涙を浮かべてくれるのです。そして、

「他の人のところへ行ってあげて」

と、小さな声で言います。わたしは、

「うん」

と頷いて離れます。

次の人は、心臓の近くに弾が・・・。わたしはどうすればいいのか分からず、泣いてしまいました。泣きながら、わたしは思わず、その兵隊さんの胸に噛みつきました。

兵隊さんの上に馬乗りになり、あとのことは考える間もありません、ただ噛みつき、肉をほじり出す・・・、舌に固いものが当たりました。弾だ、心の中で叫びながら、歯でしっかりと弾を噛み、取り出しました。あとの手当は、その噛み切った穴の中に、自分の着ていた下着を詰め込むのです。

わたしは気を失いました。が、血止めは成功したようです。側にいた女学生が、わたしのを着なさいと下着をくれました。

八人で兵舎にきたけれど、分からないながらも動いているのは、わたしだけのようでした。

「ねぇ、みんな、全力を尽くそうよ。男も女もない、同じ人間。間違っても仕方ないよ。消毒液もないし、痛み止めの注射もないけど、何もしないより、少しでもやってみよう。女学校で習った〝お裁縫〟を生かしてみようよ」

「けいちゃん、さいほうって」

「うん、そうだよ。わたしは今、それを頭において、やっているよ。ただね、雑巾や布を切るのとは違うということも頭に置いてね」

「お国のために、わたしたちのために戦って、わたしたち日本を守ってくれた先輩たちだよ」

「命の限り、尽くそう」
「敗戦国になったことを、まだ知らされていないんだよ。この同じくらい若い兵士。同期の桜だね」

そんなこんなで八人とも、疲れすら忘れて働きました。

お兄ちゃんの戦死

兵舎に来て驚いた日から、三日が経ちました。
医学の知識もない、医療器具もない中、水だけはたくさんあります。

水といっても雪を沸騰させて作ります。沸騰させますから、消毒にもなっているのです。

わたしたちが手当てをした人たちは、今のところ一人も亡くなっていません。わたしたちは疲れも忘れて、ほっと目を見合わせます。

亡くなった方は担架で運び込まれた人たちの、十分の九の人たちです。ほとんどが物言わず、血だらけの人でした。

わたしは、モールス信号で、元気だということだけを両親に知らせました。

内情は決して漏らすなと、厳しいお達しでしたから。外部に連絡するときは、検閲を受けなければなりませんでした。

兵隊さんたちの手当や、その状況に、少し慣れかけてきたころ、女学生八人のうち、三人が病に倒れ、親元に送り帰されました。

残る五人で、夜も眠る間もなく兵隊さんの手当に当たります。戦争は終わっているにもかかわらず、怪我をした兵隊さんたちが送り込まれてきます。

五十六人の兵隊さんが、

「痛い、痛い」

「早く、なんとかしてくれ」

「早く、早く」

わたしは無中になって走り廻っていました。

そんなときです。長い軍刀を腰に差した軍曹さんがやってきました。

「鈴木敬子さんはいませんか」

「鈴木敬子さんに電報です」

実はわたしは、走り廻って、疲れて、兵隊さんたちの間で、うたた寝をしていました。

胸のネームプレートを見つけたようです。

「おい、君、そこで何をしているんだ」

「は、は、はい」

「君に電報だ」

「は、はい」

一通の電報を手渡されました。

大勢の兵隊さんたちが、うたた寝をしているわたしをかばってくれました。

「五人の十三歳の女学生はみんな、夜も寝ずに働いてくれています。無理ないですよ。自分も、足が片方、鉄砲の弾で吹っ飛ばされて、血みどろになり、出血多量で危ない命を、この十三歳の女学生に助けられたのですから。叱らないでください」

と、言ってくれました。

「誰が叱ると言った」

と軍曹。そして、

「中田君という兵隊さんだ、知っているか」

「はい」

「戦死されたとの電報だ」

「・・・」

「戦地からも君、連絡をとっていたのか」

「いいえ」

「どうしてかな、このハルピンまでくるなんて、おかしいではないか」

「軍曹殿」

と、兵隊さんが手紙を持ってきます。

「またか」

と、軍曹はわたしに渡してくれました。

両親からの便りです。

〝小指と小指の思い出の兄が戦死す　父〟

わたしの頭の中を、走馬灯のように、六歳のわたしと八歳のお兄ちゃんがかけてゆきます。

大きくなったらお兄ちゃんのお嫁さんになるんだ、と、小さな小指と小指で約束したお兄ちゃん。

わたしが満洲に来てからは、文通をしていました。写真を送ったりして・・・、ちょっとおませなわたしでした。

お兄ちゃんのお父様、中田先生は、父と同じ第二小学校の教師でした。悪友でもあり、飲み友だちでした。

お母さんたちも仲が良く、わたしは父に叱られるとすぐ、中田先生の家に泊まりに行ったものでした。ですから両親は、わたしの行き先が分かっていましたから、心配はしていなかったようです。

お兄ちゃんの戦死の電報は、さすがのわたしも顔色が変わったようで、周りから、

「大丈夫か」

と声を掛けられました。わたしは、しゃがんで泣いていました。

和歌山県田辺市のわたしたちの住んでいる古い家の白蛇。お風呂場

にも台所にも、どこにでもやってきて、触ってもおとなしくしているかわいい白い蛇。お風呂に入ってきて、お湯の中で泳ぐのです。

満洲に移ることになったとき、わたしは六歳、お兄ちゃんは八歳。白蛇は連れて行けないと言われて、お兄ちゃんに託したのです。

そして、七年の月日が流れました。

家に届いた、お兄ちゃんの戦死の知らせは、お兄ちゃんの遺品もいっしょだったそうです。その遺品の上には、大きく成長した白蛇がいたそうです。死んでいたのです。

中田先生はその白蛇の皮をきれいにして、わたしに送ってくれました。

——その蛇の皮は、専門家にお願いして、財布に仕立てていただき、今は我が家の宝として、桐の箱に入れて大事にしています——

わたしたち八人は〝戦友〟

半年も過ぎたころ、戦争は終わっているはずなのに、まだ、運び込まれてくる兵隊さんがいます。でも…、大半の方は、亡くなりました。医師もいない、設備もないのですから・・・。

わたしたち女学生八人は、この半年、苦しみを共有した、いわば、戦友、です。

わたしたちは、帰宅するときを迎えました。十三歳で出動し、十三歳で帰宅です。

わたしは考えます。

「日本に帰ったら、看護婦になろう。ナイチンゲールになろう」

と。

なんの知識もないのに、自分と同じ歳ぐらいの、多くの兵隊さんの手当をしてきました。

「敬ちゃんのお蔭で助かったよ。日本は負けたけれど、敬ちゃんに助けてもらったことを、いつも思い出しながら、僕の人生を全うするよ。敬ちゃん、誓うよ、ありがとう」

何も出来なかったわたしに、うれしい言葉を、と、うれし泣きするわたしです。


生き残ることのできた兵隊さんたちは、軍から支給された、新しい下着、ワイシャツ、背広に着替えます。

でも、

「軍帽だけは、思い出に・・・」

と、それに、汗にまみれた千人針を、まるで宝物のようにして持ち帰るのです。中には、汗にまみれ、血で汚れた軍服も、

「両親に見せるんだ」

と、持ち帰る人もいます。

わたしにとって、十三歳の貴重な体験でしたが・・・、わたしの目の前で、どんなに多くの若い人たちが亡くなられたことでしょう。その方たちの顔は、いつまでも、いつまでも忘れることはないでしょう。

第五章

引揚げ列車の惨事

治らない母の病気

待ちに待った引揚げの日が決まりました。

青葉街は、随分遅く、終戦後一年半目に、一番遅い割当でした。

祖国日本に帰れる日を、指折り数えて待っていましたが、母の体調が悪く、下半身を痛めて身動きのとれない状態が続くのです。名医に診察していただき手を尽くしましたが、治る気配がありません。

父が言います。

「最悪の場合、満洲に残り満人になることも考えなければ」

と。そして、

「お前たちのことを、自分の身を削って育て、守ってきたお母さんだ。

辛いことにも耐えて、ここまできたんだ」

わたしは、父の言いたかったことは、すっかり理解できるようになっていました。

「敬子も、それでいいと思う。でもね、お父さん、引揚げの日が来るまで、わたし、あきらめないよ。夜も寝なくていい、お母さんの看病するよ」

従軍看護婦のときのことを思えば、なんともありません。

「わたしを生んで育ててくれた、大事な大事なお母さんだもの。お母さんはわたしのために、寝ずに暖かいものを作ってくれた。一晩中、寝ずに作ってくれた。

お父さんとお母さんがいなかったら、敬子はこの世に、こうして幸せに生きていなかったよ、ねぇ、恭子」

妹もうなずき、

「お姉ちゃん、がんばろう。般若心経あげよう」

九歳になった妹も、よく分かってくれました。

わたしたちは、わたしたちなりにがんばりました。でも、母は治りません。

あるとき父は、

「お母さんは、お父さんが背負っていこう。おまえたちは、自分の荷をまとめ、責任をもってリュックサックをしっかり背負ってお父さんについてくるんだ」

「はい」

わたしも妹も、そうと決まれば、くよくよすることはない、と覚悟を決めたものでした。

引揚げ列車の惨事は・・・

引揚げの日がきました。

父と子どもたちの願いも虚しく、母は、立つことも、尿意を訴えることもできないままに、発つことになりました。

父が母を背負い、自分のリュックサックを片方の肩に。

母のリュックサックはわたしが、わたしの分と二つを背負います。

ほんとうのことを言うと、とっても重たかった、足が地面にめり込む思いがしたものです。でも、北満での十三歳の苦労を思えば、たいしたことではないと言えるのです。

住み慣れた、鞍山銅材の社宅をあとにします。

「敬子、恭子の手を引いて、しっかり、はぐれないように付いてこいよ」

そのとき、父の目に涙が滲んでいるのを、わたしは見たのです。血の涙かと思いました。そして、父がひとまわり小さく、地面に減り込んだように見えました。

鞍山の国鉄の駅に、なんとか辿り着きます。母を暖かい毛布にくるみ、駅舎のコンクリートの上に寝かせた父は、

「敬子、恭子とお母さん、頼むよ」

と、手続きにゆきます。その間わたしは、満員の駅にいる人々を見ていました。

我先に列車に乗り込もうとする人たち。その目は釣り上っています。前もって、何班はどの列車の何番、と決められているのに。十四歳の

わたしには、とても醜く、日本人って醜いと、このとき、心に焼きついてしまいました。

父が戻ってきました。

父は、青葉街のリーダーになっていましたから、わたしたちの班は、機関車のすぐ後《うしろ》の一両目。それがなんと、無蓋車《むがいしゃ》。丸太などを運ぶ列車です。それに、五十人も乗るのです。

男性たちは、木材を調達すると、各車両に柵を作ってゆきます。百両も繋いだ列車の、各両のリーダーたち百人が、

「すべてO・K」

となりました。長時間をかけて、振り落とされないよう、頑丈な柵ができました。

母は、一番安全な真ん中に寝かせてもらいました。

しばらくして、百両繋がっている車両の、後ろから七番目に栄子さんがいることを、父が調べてくれました。

「栄子さんに会えるのね」

わたしはきっと、目を輝かせたことでしょう。それから間もなく、投獄されていた丸山憲兵隊長、奥様、そして栄子さんが目の前に。

「栄子さん」

「敬ちゃん」

わたしたちは抱き合い、泣きました。

「同じ列車で引揚げるなんて、余程ご縁がありますこと」

と、お母様。とても上品な方。

「敬子、よかったね」

と父。わたしたちは、泣いて、泣いて、離れませんでした。

父親たちも、固い固い握手。

日本に帰ったときの落ち着き先を、おたがいに交換しあいます。

「必ず連絡します」

と、お髭の立派な憲兵隊長さんと父。

必ず連絡しあうことを約束して、また固い握手。

わたしたちはまだ、泣きながら抱き合っています。そして、ふたりは指切りげんまん。

「指切った」


百両繫がれた貨車も、準備が整いました。

出発の時間です。

「では、日本で」

再会を約束して、列車に乗り込みます。

わたしたちは先頭車ですから、満人がコークスをくべる音が聞こえます。

発車の合図とともに満鉄の機関車は、ギー、ギーと走り出します。

だんだんスピードを上げ、野を越え山を越えて、遠く続く広野が開けてきました。汽車は走れど、そして走れど、右も左も何もない、ただ、ただ、広野が続きます。

と、急ブレーキ。

そして、百両のうちの後から十両が切り離されたのです。

と、黄色い砂漠の向こうから、砂煙をあげて、黒い固まりが押し寄せてきます。

「あれは何」

「なんだ、なんだ」

「馬賊です」

「馬賊だって？」

機関車はブレーキをかけました。

切り離された十両の列車は、遥か彼方に小さく見えます。

「あぁ、栄子さん」

わたしが叫ぶと父は、

「わかっている」

と、列車を降りて機関車に、

「少々、漫漫的《マンマンデ》」

と言って砂漠を走り出しました。

歩いても歩いても、足が沈んで前に進まない。

丸山憲兵隊長は、こんなときのために、軍の秘密をマイクロフィルムに収録しておいたそうです。飲み込めるほどの小さなものにして持っていたらしいのです。それを栄子さんに渡していました。

「馬賊だ!」

と父親が叫んだとき、彼女は飲み込みました。そして、馬賊が侵入してきたときには、栄子さんは両足を紐でくくり、自害して果てたそうです。

それを見届けたお父様は、軍刀で馬賊と戦いました。

馬賊たちが、死んでいる栄子さんを、裸にして犯そうとしたとき、お父様は、馬賊を軍刀で滅多切り。しかし多勢に無勢・・・。

栄子さんのお母様も、軍刀で自害されたと聞きました。そしてお父様も舌を噛み切って亡くなられたということです。

こんなとき、敗戦国であっても、わたしたち日本人には、日本魂が残っていたのだと、あとで思ったものでした。

父は、この惨事を後の世に伝えたいと、心に強く刻んだそうです。

そして、丸山一家の父にあてた遺言には、〝栄子の身体の中には、軍の秘密事項のフィルムがある。我々は、お国の為と、戦い続けてきたが、誰一人として、人が人を傷つけあうことを、よしとしないであろう。二度と戦争を起こしてはならぬ。お願いします〟

という内容であったそうです。

父は栄子さんをそっと抱いて、ご両親とともに、砂の中に埋葬し、〝偉大なる憲兵軍曹殿〟と、軍曹の持っていた筆で、大きな板に書き、砂漠に立ててきました。それは後の世に、「鈴木先生」と、名を残すことにもなりました。

九十両の貨車に乗っていた人たちは、馬賊におそわれる様子、そして父のしたことを見ていました。車両の男性たちは、父の偉大さに感服したと言います。

またその場所を、それからも何度も、引揚げ列車が通ります。列車の人たちはまた、その筆蹟を目にして感嘆したのです。


父の里は潮岬です。祖父は、潮岬灯台長として、海の安全を守った人として、鈴木悟郎の名の石碑が立っています。

後に、父の名、鈴木穣も、並ぶことになったのです。

父は、九十歳でこの世を去りました。

第六章
六日間の軍艦地獄

波止場での一か月半

永遠の友、栄子さんとも別れ、黄砂の中を列車は走り続けます。コークスを焚いて、焚いて・・・、わたしの心の中は・・・。

心の中は、戻ってきた父の話を聞いても、信じられません。心を過去に残したまま、広野を走り続けます。

やっと、終着駅に着きました。

そこは、生と死と、腐ったものと、人間のどよめき…。この世の光景、でしょうか。

引揚げ船の波止場です。

船を待つ人々。引揚げる日本人の滞在所としての仮設住宅がありま
す。
それを狙って、満人のいろんなお店が出ています。わたしは不安に
なって、父に、
「お父さん、これ、どうなってるの」
「ちょっと様子を見てくるから、お母さんと恭子を守っているんだよ」
そう言うと父は、雑踏の中へ消えました。
なんのにおいでしょう。
汗と出店のにおいが潮のにおいと混ざったにおいでしょうか。吐き
気がします。
波止場には、大きな客船が止まっています。我先に乗り込もうとす
るひとたちでごった返し、そして、喧嘩があちこちで起こります。

「一列になって！　全員、乗れるようになっていますから」

と、分隊長がメガホンで叫びます。が、我先に乗り込もうとする人たちには聞こえないのでしょう。誰も並ぼうとはしません。自分だけが助かりたいのでしょうか、十四歳のわたしには、その人たちが野獣に見えてくるのです。人間の浅ましさは、日本人と言えども、変わりはありません。


黄砂から逃れて、今、波止場に着いたばかりのわたしたちです。

栄子さんを思い出します。厳しく躾けられてきた人です。自分の操を守り自殺した栄子さん・・・。

わたし、切ない・・・。

父を待つわたしの側には、母と妹。でも、栄子さんを思うと、またひとり、泣いてしまうのです。

「敬子、どうしたの。どこか具合が悪いの」

母のやさしい声。その声にまた、涙。

わたしたち親子四人、ここまで来れたことを感謝するわたしでした。

そしてまた、栄子さんへの思いが・・・。

栄子さんとは永遠の友だちと信じていた。今ごろはどうしているだろう。

きっと手をつなぎ、引揚げ船に一緒に乗るだろう。わたしは小さく、

「栄子さん」

って、呼んでみました。そのとき、

「おーい、敬子」

父の声。

「はーい」

　お母さんが、

「お父さん、ご苦労さま、どうでしたか」

と大きな声。わたしは思わず母の顔を見ました。母は、立っていたのです。立てないはずの母が・・・。

　父が側に来ました。

「どうした、無理をしてはいかん」

「休憩のたびに、敬子がお経を小さな声であげながら、わたしの足を摩ってくれ、また、お父さんの大きな愛情を、おぶってくれた背中のぬくもりで・・・、神仏のご加護をいただいたのでしょうか、何も考えずに一人で立てました」

「それはよかった。恭子も九歳、敬子は十四歳、お母さんは立てたし、ハッピイ、ハッピイ」

父の声は、いつになく明るいのです。

「さ、話がある。見てのとおり、引揚げ者が、船に乗る人や、波止場に着いたばかりの我々とでごった返しているが、仮設住宅が建っていて・・・」

父は口ごもります。

「また、困ったことに・・・」

「お父さん、どうしたの」

わたしと恭子、二人で同時に。

「二人一緒にしゃべったのでは、分からないよ」

と父。

「それでね、仮設住宅の数が少ない。六畳一間に、一車両全員が寝る。女、子どもだけだそうだ」

「えぇー」

と、わたし。恭子と顔を見合わせました。

「男は全員、野宿だ」


六畳に、女、子ども。母の場所は窓際にとってくれましたが、母のとなりは妹、そしてわたしなので、わたしの背中には、他の人が。毛布は一人一枚。縦長に四つ折りにして長く寝ます。でも寝返りはできません。

大人の男の人は、外にござを敷いて寝ます。でもこれは、満人から婦女子が乱暴されないように、自分たちの家族を守る護衛のためだそうです。大変です。

お便所もありません。

これも、男の人たちが集まって、穴を掘って作ります。周囲にござを立てて囲みます。

たくさんの満人のお店がありますが、これも男の人たちが巡回して、わたしたちを見守ってくれています。

引揚げ船の順番がくるまで、約一か月半。

その間にも、次々と列車が到着。また次々と引揚げ船が出てゆきます。祖国日本をめざして、前途に希望を抱いて、〝蛍のひかり〟を口ずさみながら。

「順番だから、もうすぐだ。病気にならないように気をつけるんだ」

と父。手も洗わず料理を作る、仕方ないので、みんな、それをいただきます。でも、満人食もけっこう、おいしいのです。

「不潔だなぁ」

と、父と母。水道がありませんから、汲み置きの水。〝チフス〟や〝赤痢〟が一集団の中に一人出ると、引揚げ中止になります。順番が繰り下げられるのです。

「鈴木班、がんばらなくては」

「一人も落伍者を出さないように」

「エイ、エイ、オー」

みんなで協力しあいます。

不便な生活の中で、一日、一日希望を持って〝祖国日本〟をめざします。

そして病人も出さず、次の船は、なんと、〝軍艦〟だったのです。

六日間の軍艦地獄

「軍艦は、全てでできているので、甲板には出られません。鉄が焼けて熱い。熱いどころか、ゴム靴がジュッと溶けます。船内も、天井が焼けているのですから、温度計では計ることができないほどの熱さです。

しかも、どこへも逃げられません。人間バーベキューになって、海へ飛び込むしかありません、が、海へ飛びこめば、船はそのまま走っていき、海には鱶《ふか》が大きな口を開けて待っています。

若い兵隊さんたちは、訓練に訓練を重ねていますが、我々にはきっと耐えられないでしょう」

と、鈴木班長の父が話します。

「それでも乗り込みますか？　それとも次に出る客船で、安心して、祖国日本に帰りますか」

一車両、鈴木班五十人の人たちに尋ねます。一晩、家族で話し合う、ということになりました
そしてあくる朝。また、集合します。

「次の船まで待てば、客船で悠々と帰れて、食事もおいしい」

「いや、軍艦で一日も早く祖国日本に帰りたい」

そんな二つの意見に分かれました。

軍艦で帰りたい人の方が多いのです。

が、次の客船で、という人たちは、ガンとして譲りません。

そして、両者が、とうとう喧嘩を始めました。そこで、

「鈴木先生は、どちらを選ぶのですか」

と問われました。わたしたちは客船で、と思っていましたが、父も仕方なく、結局、〝軍艦〟に押されてしまいます。


さて、いよいよ軍艦に乗り込みます。

鉄は冷えると冷たく暖かみがありません。木の香りもなく、兵隊さんたちが使っていたままで、なんの設備もなく、男ばかりの生活のにおいがします。

船内は、上下二段に分かれていて、わたしたちは上の段に寝ることになりました。

上に行くには、五段の梯子を昇ります。そして木の枕、若い男のにおいです。

とても殺風景。全てが鉄、ですから。エンジン音もやかましく、何日間、この船に乗るのかと、わたしは不安になりました。

日本までは、何百海里あるのでしょう。(一海里は一八五二メートル、約十七町)

今は、鉄板も熱くありません。

波止場を離れます。軍艦は、ゆっくりと揺れ、わたしたちは皆、日本に帰るんだ、と、どこか、確認するような感覚を覚えたことでしょう。

波止場を離れ、五時間。もう満洲は見えません。

波が高くなりました。

「台風が発生!」

と、船長のアナウンス。

波が渦を巻いています。軍艦は、波の動きのままに揺れています。

大勢の人たちが嘔吐し始めました。ゴーゴーという恐ろしい音の中で、わたしたちはじっとしています。

と、台風の目に入ったようで、静かになりました。軍艦は動かず、台風の去るのを待ちます。

雨は大きな音を立てて、また降り出しました。焼けて熱くなっている鉄板ですから、ジューっと音を立てて湯気が上がります。

台風が去りました。軍艦はゆっくりと揺れて動き出します。

あっという間に太陽が照り出します。

甲板はまた熱くなって、火傷しそうです。船室はというと、まるで蒸し風呂。天井の鉄板が焼けているからです。船室に入ると、一度に汗が噴き出てきます。

食事は喉を通りません。食事は、ご飯もおかずも、凝縮されたようなのが五品。燻製状態で、腐ったにおいがして食べられません。そして・・・、二日目には、亡くなられる方が大勢・・・。そして、水葬されるのです。

海中では鮫。鮫が大きな口をあけて、その人たちを噛まずに飲み込みます、なんということでしょう。大形の鮫、鱶は、獰猛《どうもう》無です。鱶は人間を噛み砕きます。辺り一面、海は血の色に染まります・・・。

わたしに父は、

「中に入っていなさい」

と言います。でも船室は熱くてたまらないのです。でも、この水葬を見るのも堪えられません。

軍艦で少しでも早く日本に帰りたいと、自分の思いを通した人たちも、

「鈴木さんの言うように次の便にしたらよかった」

と、青い顔をしていました。

（わたし、未だに〝フカヒレのスープ〟なんて、聞いただけでも、ぞっとしてしまいます）

甲板は、やはり焼けたその上を歩くと、靴の底は溶けてしまいます。

そんな船旅、地獄のような船旅が六日間、続きました。

終章
伊予絣のにおい

あれが、祖国日本、です

昭和二十二年四月九日。

マイクから流れる船長の声。

「祖国日本が、小さく、小さく見えてきました。多くの犠牲者を出しましたが、残っている我々で、亡くなった方の分まで生きてゆきましょう」

船上で亡くなられた方は、六日間に三十三人もおられたのです。わたしたちは小さく頭を垂れ、ご冥福を祈りました。

船長の声は続きます。

「では、鈴木分隊長のご挨拶です」

「六日間の長旅、お疲れさまでした。みなさん、いよいよ日本が見えてきます。亡くなられた方々は、さぞ、日本をその目で見たかったことでしょう。軍艦で帰るのも、一日も早く日本へ、と願ったからでした。やっと、やっと日本が見えてきます。亡くなった方たちのことをしっかり心にとめて・・・、ああ、見えてきました。遥か水平線の彼方、あれが、待ちに待った、祖国日本です。軍艦に乗り、船長さんにご助力いただき、帰ってきました。あれが、祖国日本、です。

エンジンを止めていただきました。ゆっくりと、祖国日本を、味わってください」

父の声は震えています。父は、泣いています。マイクをしっかり握り、大きな声で。亡くなった三十三人の方たちに伝わるように・・・。

「祖国日本を目に焼きつけてください。日本に上陸したら、それぞれ各地方に別れてゆきます」

みんな、泣きました。泣いて、泣いて・・・。

母も妹も、わたしも。三人で抱き合い、

「お父さん、偉いなぁ、ねぇ、お姉ちゃん」

と妹。わたしはまた、泣いてしまうのです。

「そうだよ」

とお母さん。お母さんも歩けるようになりました。何かに掴まり、手を引いてもらわなければならないけれど、でも、歩けて良かった。

父はまだマイクを離さず、激励の声を、みんなに、残った人たちに掛け続けています。

「日本では、各々が故郷に帰られることでしょう。わたしたちは、上陸したのちは、お別れです。が、満洲鉄道での惨事、そして軍艦で亡くなられた方のご冥福を祈りましょうね」

「黙祷」

全員合掌し、涙新たにしました。

そして船は、ゆっくりとエンジンをかけて動き出します。

〝日本〟が近づいてきます、〝日本〟が。

日本が大きく目の前に迫ってきます。「博多」です。

日本の岸壁に、ガチャッと音を立てて、接岸しました。この一瞬、全員、どんな思いだったでしょう。

日本に、一歩を踏み入れます。誰の顔も、笑い泣き。説明のつかない、忘れられないこの瞬間の、この思い。

「やった!」

「よかった!」

「万歳、万歳、万歳」

みんなでバンザイ。

「船長、ご苦労さま」

最後に父が船長と抱き合い、無言の別れ。

母も妹も、そしてわたしも、お髭の白く長く伸びた船長さんと固い握手。船長さんの笑顔・・・。

「さようなら、良き時代の満洲。さようなら」

そして軍艦は、また満洲に向けて出てゆきます。引揚げ者を迎えに・・・。船は、小さく、小さくなってゆきました。

伊予絣の着物

日本へ下《お》り立ったわたしたち。

父が、

「腹が減った。港の商店街で何か買ってこよう」

そう言って商店街へ行きました。が、

「高い、引揚げ者の足下を見ている」

と言いながら帰ってきました。きゅうり巻二十本。見てびっくりです。きゅうりは、こんなに薄く細く切れるのかとおもうばかりの細さです。そう、つまようじくらいのきゅうりなのです。そして、巻きの太さは親指ほど。二十本で四人は、お腹いっぱいになりません。

同じ列車に乗り合わせた人も、

「他も、高いものならありましたが、五百円も千円もするのですからね。足下を見て、引揚げ者を本当にバカにしていますよ」

「日本では、引揚げ者を受け入れる体制ができていない。日本人はこの程度だよ。相手が落目になると見下げる、自分より上だと思うと、手もみしながら上目使い・・・」

父は、このとき、日本の将来はどうなるのかと延々と語り、そして、これからの日本を愁いていたようでした。


博多から故郷へ。

私たちは四国へ。

苦しみを共にした友とお別れです。

四国への船は、軍艦ではありません。きれいな客船です。売店もあります。お弁当も、お茶も。お菓子も、新聞や雑誌も。

父が沢山買ってくれました。家族四人、お腹いっぱい。

「おいしいねぇ」

と妹。

「しっかり食べなさい」

と父。

母も、少しずつ元気になってきました。

「四国に渡ったら、四国を縦断して、高知から松山、高松、徳島と、ひたすら走る」

父は続けて、

「この船は本土に繋がる船だから、多分、徳島から小さい船、遊覧船だと思うが、それで和歌山に着くんだろう。日本を離れて十年になるからね。今はどうなっているかなぁ」

父は少し淋しそう。きっと和歌山のこと、思い出しているんだな、と、わたしは思いました。少しして、父は、潮岬の灯台の話をしてくれました。灯台長のおじいちゃんの話。そして、お母さんが静岡からお嫁に来るときの話。このときは列車が通っていなかったから、籠で来たのですって。

父は、懐かしそうに沢山の話をしてくれました。そして、

「そうだ、松山でおりて、坊ちゃんで有名な道後温泉に行かないか、お母さん」

「そうですね、お父さん。道後で一泊しましょうよ。紀州にお国入りしたら、こんな遠くまで来られないでしょうから、いい案ですね。そう

しましょう」

すぐ決まりました。松山で下船。荷物を預けて身軽になったわたしたちは、松山城を眺めながら、人力車に揺られたのです。

坊ちゃんの湯に浸かり、四人、なんと楽しかったことでしょう。

十四歳のわたしに、母は伊予絣の着物を買ってくれました。（八十四歳になった今も、大切にしています）

わたしはしばらく、絣の着物に顔をうずめて、帰ってきた感動にひたっていました。

そのにおいは、今も、わたしにとっての大好きな〝日本そのもの〟のにおいになりました。

おわりに

十四歳で引揚げて、日本に帰ってきたわたしは、和歌山の田辺高校を卒業すると、独り立ちすることになります。

それは、吉田茂という政治家への憧れから、吉田茂事務所のウグイスガールとしての生活です。ウグイスガールとしては、わたしは、第一号でした。

でも、お金がなくてはお手伝いができません。そこで始めたアルバイトが、水商売でした。

働き始めると、わたしに指名が沢山かかるようになりました。高校出たてという新鮮さが話題になったのです。着ているものも、高校生らしいものでした。

あるとき、わたしを指名くださったお客様から、

「この人はね、鹿島君といって、阪大の外科部長をしている偉い人なんだよ」

と、紹介されました。

瞬間、わたしは、あっと息をのみました。〝このにおい・・・・〟

十三歳のわたし…、従軍看護婦として戦地へ行ったときのにおい…。

そう、そのときの記憶、〝ナイチンゲールになる〟という・・・。

わたしはここで、ナースになる運をいただいたのです。

わたしは鹿島先生の鞄持ちで阪大病院に随行しながら、ナースの方たちの仕事から勉強させていただき、その四年目に看護婦の試験を受けることになりました。

合格、そしてプロのナースの道へ。

その後、結婚して、子どもを二人授かり…、十年間、ナースとして…。

あらためて鹿島先生にお礼を申し上げ、また、〝十三歳のわたし〟を抱きしめてやりたい、八十四歳のわたしです。

そして、わたしのつたない〝在満時代〟をお読みくださったみなさまに、心より感謝申し上げます。

ありがとうございました。

小池　ともみ

伊予絣の匂《いよがすりのにおい》

十三歳の従軍看護婦

発行日

2017年7月25日

著　者

小池ともみ

発行者

あんがいおまる

発行所

JDC出版

〒552-0001　大阪市港区波除 6-5-18

TEL.06-6581-2811　FAX.06-6581-2670

E-mail : book@sekitansouko.com

郵便振替　00940-8-28280

印刷製本

前田印刷（株）